극과 극 청춘들의 캠퍼스 로맨스

| PHOTO ESSAY |

# 시맨틱에러
## SEMANTIC ERROR

왓챠·래몽래인 지음

blackD

"그렇게 얘기하니까
더 지독하게
얽히고 싶은데?"

#시디과_사이코

#복세편살

#능글인싸

#양아치

#ENFP

#보통_사이코가_아닌_놈

⚠ 장재영

"스토커로
신고할게요."

S.

추상우

#컴공과_또라이

#원리원칙

#철벽아싸

#기계인간

#ISTJ

#피도_눈물도_없는_놈

# 장재영 26세

"그냥 좋아서 한 건데?" 깊게 재고 따지지 않는 성격의 한국대 시각디자인과 남신. 계획대로 졸업만 확정되면 외국 게임회사에 입사해 바로 한국 땅 뜨는 장밋빛 미래가 펼쳐지는 줄 알았다. 인생의 걸림돌 추상우를 만나기 전까지는!

외모, 집안, 재능 몰빵에 자신감 넘치는 언행과 여유로운 성격으로 큰 힘을 들이지 않고도 관계에서 늘 우위에 있었다. 연애는 아쉬울 것 없는 갑의 연애만 해 왔다. 그런 장재영이 꽉 막힌 또라이 추상우에게 빠져 정신 못 차릴 줄이야!

도전 정신으로 시작한 '추상우 괴롭히기'에 슬슬 재미가 붙더니 어느 순간 속수무책으로 상우에게 빠져들고 말았다. 답답했던 상우의 꽉 막힘이 안쓰럽고, 골탕 먹이고 싶던 무표정이 사랑스럽다. 매사에 쿨하던 재영이 처음으로 맞닥뜨린 을의 연애. 로봇 같은 상우를 상대로 시작이라도 해 볼 수 있을까?

## 추상우 23세

**컴공과 공식
천재 아웃사이더**

"그건 공정하지 못한 거 아닌가요?" 예외와 불규칙을 용납 않는 성격의 한국대 컴퓨터공학과 수석, 원론적 정의구현의 사도. 하루하루 계획대로 살면 인생도 탄탄대로일 줄 알았다. '에러 같은 새끼' 장재영을 만나기 전까지는!

논리와 이성 일변도로 살아온 삶이 인간말종 양아치 장재영으로 인해 꼬이기 시작했다. "에러다. 아주 심각한 시맨틱 에러."

인생에 해결 못 할 에러는 없다고 생각했건만 장재영은 최초의 예외다. 비생산적이고, 은유적이고, 충동적인 감정들로 자꾸만 평정이 무너지기 시작한다. 오차 없이 프로그래밍된 인생에서 장재영을 제거할 수 있을까?

## 최유나 26세

### 시디과 시니컬 힙스터

말투는 거칠어도 잔정 많고, 시크하지만 귀여운 것을 좋아하는 반전 매력의 소유자. 재영이 오만하게 굴 때면 쓴소리도 아낌없이 해주는 유사 남매. "미련한 짓은 너나 해, 남한테 강요하지 말고."

## 류지혜 21세

### 컴공과 프로짝사랑러

명랑함과 맹랑함을 동시에 지닌 컴공과 2학년. 벌써 1년째 상우를 대놓고 짝사랑 중이다. "귀엽잖아요. 귀여우면 끝이죠!"

## 고형탁

시디과 안으로 온갖 소식을 물어 오는
비둘기 같은 존재. 후배로서 재영과 우
나에게 귀여움을 받고 있다. 지혜를 짝
사랑 중이다.

동기들보다 먼저 취업에 성공해 학교를
떠난 시디과의 숨은 실력자. 상우와 진
행하던 게임 프로젝트를 재영에게 넘겨
준다.

## 한수영

## 건희, 동건

공대 강의실 앞에 출석도장 찍는 재영
과 어느새 친해진 컴공과 후배들. 동기
인 추상우와 대화해 본 건 전생의 일 같
지만, '성실한 또라이' 장재영과는 급속
도로 가까워지는 친화력 만렙 공대생
친구들.

## chapter 1

⚠ 인연의 시작

Error

#불성실지각러

#적반하장

#극혐

#저기요_미치셨어요?

인연의 시작은 우연일까요?
선택일까요?
혹은 그 모든 것의
총합일까요?

한 학기의 끝과 시작을
앞둔 요즘,
여러분은 어떤 인연을
만나셨나요?

SEMANTIC ERROR

뭐야,
나 개무시당한 거야?

어제 인성발표 사이다썰 직관후기 푼다.

전설로만 존재하던 X같은 피피티가 1차 충격.

무임승차 조원들 이름 싹 빼 버린 게 2차 충격이었음.

정의구현 제대로다. 인정?
그 조원들 다 망한 듯ㅋㅋ

조사 : 추상우

조사 : 추상우

합 : 추상우

제작 : 추상우

형, 걍 포기하세요. 개랑 얽히면 답 없어요.

하. 술래잡기하자는 건가? 이러면 슬슬 승부욕 도는데……

……가만 안 두면 어쩔 건데?

오빠랑 좀 닮은 것 같아요.
모자도 완전 똑같다!

……뒷조사에 협박까지?

장재영 학생의 졸업이 취소되었음을 알립니다……?
지겹게 볼 기회 생겼네. 감사하게도.

코딩 천재라고 해서 기대했는데
별거 없네.
이 정도로 되겠어요?

불성실한 건 좀 걸리지만
실력은 베스트네요.
번호 주세요.

드디어 만났네, 상우야?
형 연락 씹으니까 맛있어?

너 진짜 개또라이구나?
누가 누구더러 또라이래?

혹시 싫어하는 거 있어?
선배님이요.
싫어하는 색깔은?
빨강.

싫어하는 장소는?
선배 반경 10미터요.
상우야, 나 마음이 바뀌었어. 기대해도 좋을 거야.

AM 08 30 기상

AM 08 45 운동

AM 08 58 양치

AM 09 16 등교 준비

SEMANTIC ERROR

개강 첫날부터 꼬이네.

상우 너도 이거 듣는 줄 몰랐네?

SEMANTIC ERROR

SEMANTIC ERROR

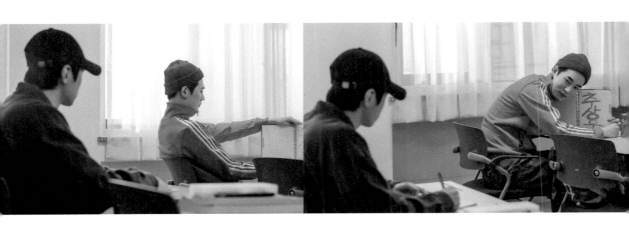

음식 남기면 벌 받아, 상우야!

SEMANTIC ERROR

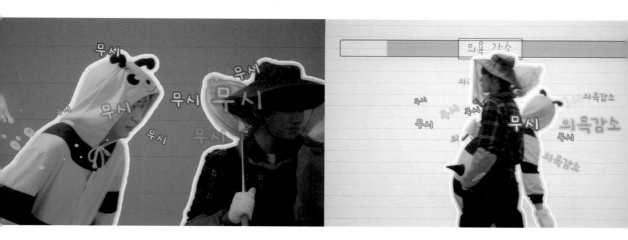

SEMANTIC ERROR

반응을 잘 모르겠단 말이야, 감질나게.

설마…… 뭐, 추상우?

상우가 빨간색을 싫어한대. 그리고 내가 제일 싫대.

형만 믿어. 형이 캐.리.해.줄.게.

저기요, 미쳤어요?

스토커로 신고할게요.

무슨 이유로?

옆집에 아는 선배가 이사 왔어요?

어디 한번 잘 해 보시죠, 사이코 선배님.
응원 고마워, 또라이 후배님.

SEMANTIC ERROR

인상 안 쓰니까 봐 줄 만하네.

미대생이라고 꼼꼼히도 칠해 놨네.
에러 같은 새끼!!!

SEMANTIC ERROR

나 불만 같은 거 없어. 후배님 덕분에 매일매일이 즐거워졌거든.

원하는 게 있으면 똑바로 말해요, 사람 괴롭히지 말고.
그럼 벗어 봐, 그 모자.
깡패예요? 양아치 짓 하는 게 재밌습니까?

뻥은 무슨. 빡친 얼굴 좀 자세히 보려고 했던 거지…….

와. 너 금방 진짜 개변태사이코 같았어.

SEMANTIC ERROR

이건 또 뭐냐?
밤새 고민 좀 했겠다?
관심 끄고 각자 수업이나 듣죠.

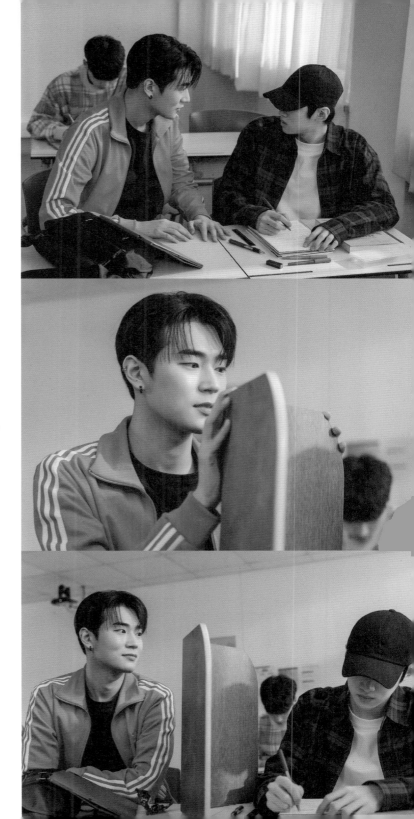

악착같이 지 패턴 지키던 놈이
나 때문에 안 하던 짓을 한다니까?

SEMANTIC ERROR

걔가 너 때문에 변했다 쳐.
근데 그게 너한테 무슨 의미가 있냐고.

두 분이 친하셨구나?
아니.
이거 왜 이래?
매일 눈뜨고 잠들 때까지
함께하는 사이에.

선배는 저한테 인간말종, 양아치, 그 이상도 이하도 아니니까 같잖은 훈수 말고 가세요.

술주정은 한 번으로 족해요. 더 하시면 경찰 부릅니다.

SEMANTIC ERROR

아저씨. 여기서 더 하시면 대가리가 확, 뚫리실 것 같은데.

가자.

chapter 2.

 장르는 멜로

Error

#괜히들였어

#포맷하고싶다

#Error!

#Error!

#Error!

······괜히 들였어.

모자 안 쓴 게 훨씬 나은데, 왜 맨날 가리고 다녀?

SEMANTIC ERROR

사람 정말 피곤하게 하네요.

다쳤어?
저 말고, 선배요.

추상우답네.

SEMANTIC ERROR

싫은 건 싫은 거고,
고마운 건 고마운 거니까.

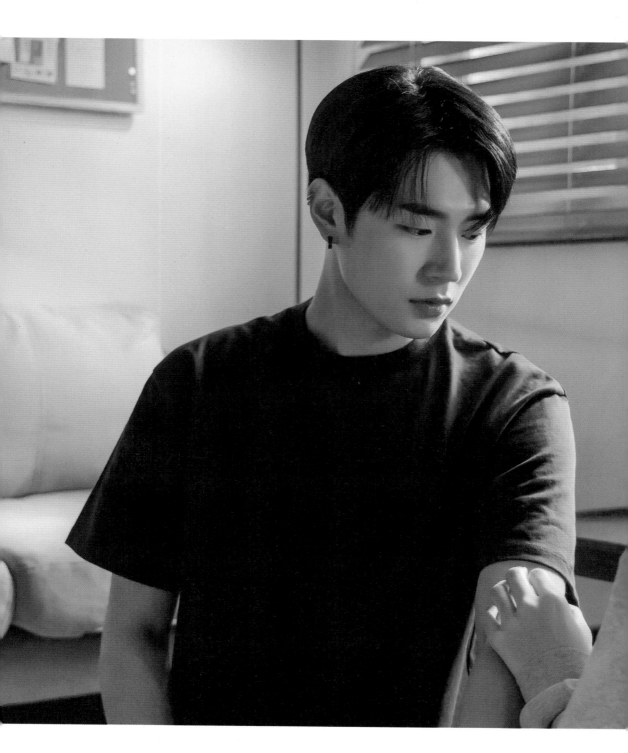

SEMANTIC ERROR

미쳤나. 왜 자꾸 생각나.

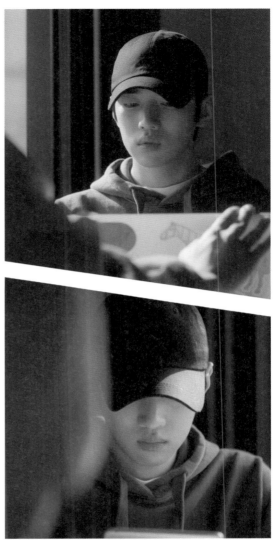

호구세요? 줘 봐요.

SEMANTIC ERROR

이젠 추상우, 네 프로세서를 좀 알 것 같아.
제가 무슨 가전제품이에요?
비슷하다고 생각해.

조선 시대냐? 밀담해?

대본 주제는 생각한 거 있어요?

멜로.

솔직히 말해 봐. 너 연애해 본 적 없지?
누구 좋아해 본 적은 있어?
사랑이니 뭐니,
어차피 인류 번식을 위한
선동일 뿐이잖아요.

그럼 연애는 뭐라고 생각하는데?
결혼이라는 정식 프로그램의
체험판이라고 볼 수 있겠네요.

SEMANTIC ERROR

전략 바꾼 모양인데,
안 통하니까 친한 척하지 마요.
난 전략 같은 거 안 짜.
그냥 하고 싶은 대로 하는 거지.

⋯⋯원래 이렇게 생겼었나?

SEMANTIC ERROR

상우야, 나 언제까지 눈 감고 있어야 돼?

SEMANTIC ERROR

SEMANTIC ERROR

불안하면 손바닥에 적든가.
그건 공정하지 못하잖아요.
그치. 그래야 추상우답지.

우리도 영화 보러 갈래?

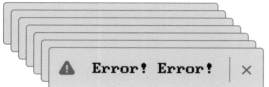

SEMANTIC ERROR

추상우가 결석을? 대가리 깨진 날에도 수업은 왔던 놈이.

다 포맷돼 버렸으면 좋겠다…….

SEMANTIC ERROR

친한 척 마요. 선배 때문에 전 여전히 최악이니까.

명령하지 마, 새끼야. 다신 볼 일 없을 테니까.

SEMANTIC ERROR

그렇게 싫다면 꺼져준다, 추상우.

SEMANTIC ERROR

SEMANTIC ERROR

진짜 별로다.
날라리 같아. 바보.

문제의 원인을 제거했는데,
체계가 정상으로 돌아오지 않아.
그럼 제거가 답이 아니었나 보네요.
롤백해서 다시 살펴보면 어때요?
롤백⋯⋯.

같이 게임 만들어요, 형.

……돌겠네.

갑자기 왜 안 하던 형 타령이야?
언젠 그렇게 부르라면서요.
아니, 하지 마.

이 새낀 이걸 왜 들고 다녀. 사람 마음 약해지게.

SEMANTIC ERROR

이런 거 백날 읽으면 뭐 해. 사람 마음 하나 못 움직이는데.

선배가 아니면 안 돼요. 꼭 선배여야 돼요.

데드라인 꼭 지켜 주시고요. 대충하는 거 용납 안 해요.

얼씨구. 악덕 고용주 납셨네.

한 가지 더. 앞으로 예고 없는 신체 접촉은 삼가 주세요.

SEMANTIC ERROR

앞으로 문자 말고 전화로 하자.

왜요?

그냥. 이게 더 좋으니까. 잘 자라.

......형도요.

SEMANTIC ERROR

솔직히 하루만에 말도 안 되는 거 알지? 이 악마 같은 새끼야.

아무한테나 기대 안 하죠. 선배라서 그런 거지.

SEMANTIC ERROR

예고할게요.
잘하셨으니 머리 쓰다듬어 드릴게요.

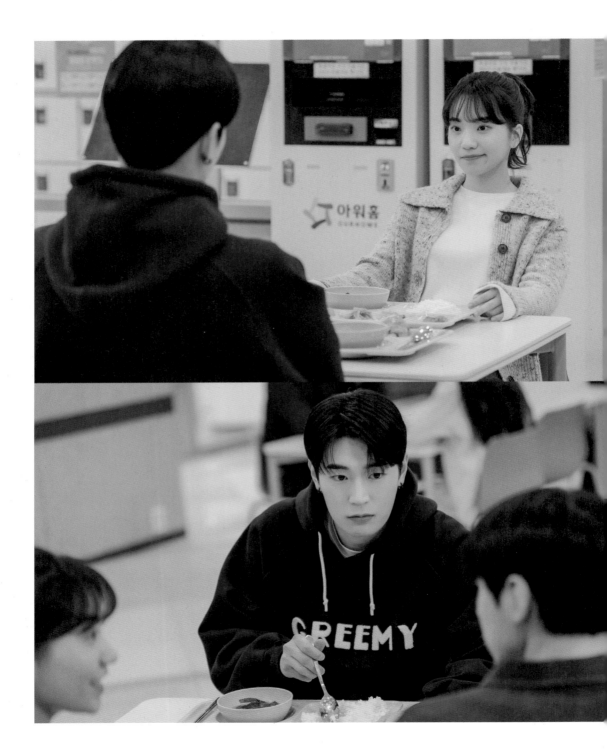

SEMANTIC ERROR

SEMANTIC ERROR

게임은 모두가 제로부터 시작하잖아요.
노력에 따라 보상이 주어지고.
그런 합리적인 성취감이 좋아요.
상우야.

SEMANTIC ERROR

머리 쓰다듬어도 돼? 1분 뒤에.

……그렇게까지 싫진 않아요. 미리 말만 하면.

SEMANTIC ERROR

좋아하는 거, 열심히 해 보자. 우리.

SEMANTIC ERROR

SEMANTIC ERROR

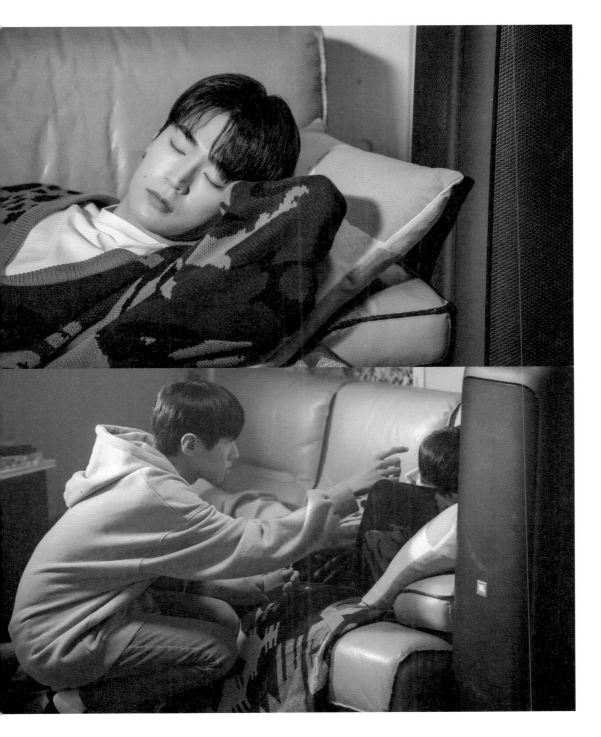

진짜 자는 거 맞죠, 형……?

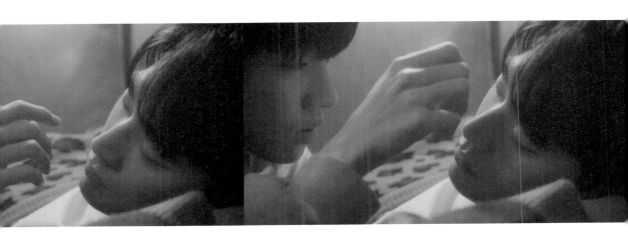

#실수아니니까

#속는셈치고

#2주체험판

## chapter 3

못 할 건 뭔데?

Error

#근데이제

#정기구독과

#좋아요

#애인설정까지

SEMANTIC ERROR

야, 장재영.

네, 형.

너는 못생겼으면 답도 없었어.

SEMANTIC ERROR

1분 뒤 키스할 거야. 도망가려면 지금 가.

실수 아니야. 너도 분명 나랑 같은 걸 느꼈잖아. 아냐?

SEMANTIC ERROR

그럼 뭐 어떡해요. 연애라도 하자는 거예요?
못 할 건 또 뭔데.

정 모르겠으면 2주 체험판이라도 해 보든가.

선배가 무슨 스트리밍 사이트예요?
왜. 정기구독하게 될까 봐 겁나?

SEMANTIC ERROR

피하지 말고, 무시하지도 말고, 그냥 느껴 봐.

왜 시간을 끌어선…….

SEMANTIC ERROR

언제 끝나나…… 장재영 인내심 테스트.

난 좋아해, 추상우.
그러니까 넌 포기해.

SEMANTIC ERROR

정 부르고 싶으면 추 씨라고 불러.
어이, 추 씨! 이렇게.

재영 선배 예전 교제 상대에 대해
아는 대로 다 알려주세요.
아…… 나 연애 상담 질색인데.

누군진 몰라도 이번엔
꽤 진지한가 봐. 안 그래, 추상추?

……제가 최유최라고
부르면 좋겠어요?
어. 난 좋은데? 친한 것 같고.
그럼 그렇게 부를게요, 최유최 씨.

SEMANTIC ERROR

너도 그려 줄까? 딱 어울리는 거 생각났어.

선배.

SEMANTIC ERROR

2주 체험판에선
우리가 뭘 할 수 있는데요?

SEMANTIC ERROR

나랑 손잡고. 키스는 이미 했고……
미리보기는 여기까지.
어때, 구매 욕구가 좀 생기나?

SEMANTIC ERROR

2주 정도는……해 볼 만하지 않나?

축하해요, 선배.
고맙다.

형, 그럼 바로 프랑스로 가는 거야?

나⋯⋯ 덱스, 가지 말까?

SEMANTIC ERROR

선배는 남은 작업이나 열심히 해요. 대비는 제가 알아서 할 테니까.

야 추상우……
아니다, 됐다.

당장이라도 뛰어가서 추궁하고 싶어.
……사실 너도 나 떠난다니까 아쉽지 않냐고.

그냥 평소처럼 굴어. 되지도 않는 머리 굴리지 말고.
꼴리는 대로. 장재영답게.

생일 축하해.
1001. 무슨 이진법도 아니고. 생일도 꼭 지 같아요.

SEMANTIC ERROR

선배는 진짜 이상해요.

제 답은 거절이에요. 저는 멍청한 로맨스 소설 주인공이 아니에요.

SEMANTIC ERROR

상우야, 넌 지금 네 마음이 뭐라고 생각해?
그냥 형이 잘됐으면 좋겠어요. 진심으로.

SEMANTIC ERROR

SEMANTIC ERROR

오랜만이다.
대타 디자이너는 잘 구했고?
걱정하지 마세요.

걱정은 무슨.
어련히 알아서 잘하실까.

SEMANTIC ERROR

오빠 좀 달라진 것 같아요. 되게 좋은 방향으로.

행복하세요, 추 씨!

형은 진짜 에러 같은 새끼예요.

SEMANTIC ERROR

그 말 하려고 여기까지 왔냐?

형이 좋아요.
좋아해요.

나랑 연애하자.
체험판 말고, 진짜 연애.

SEMANTIC ERROR

근데 저랑 연애하려면 세 가지 유의해 줘요.

그치. 이래야 추상우지.

SEMANTIC ERROR

내일 전공 발표랬지?

왜요? 저 이제 알아서 잘하거든요.

우리 상우 취향 참 한결같아. 그래서 내가 좋아하지만.

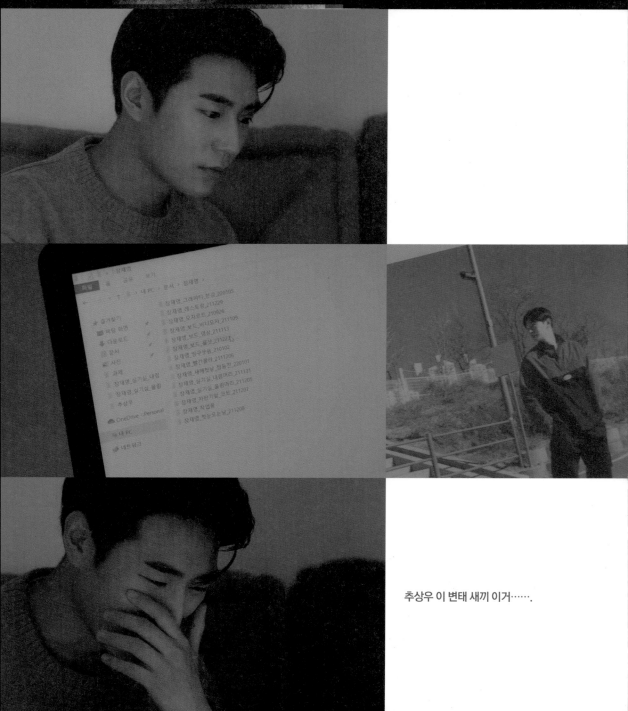

추상우 이 변태 새끼 이거…….

아, 잠깐만!

SEMANTIC ERROR

CLEAR 🗑

# Behind the scenes

#나잘생겼어상우야?… 드르륵… 탁…

#연애라도하자는거예요?…드르륵… 탁…

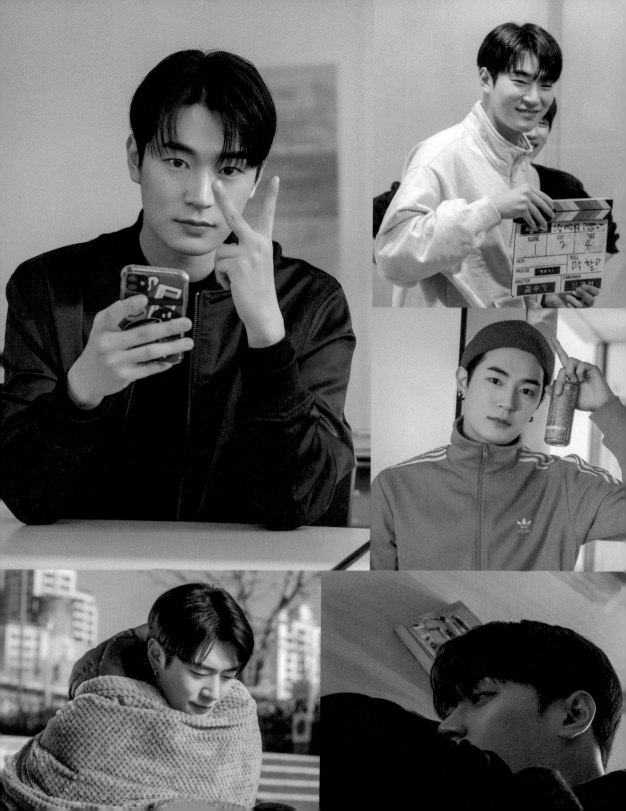

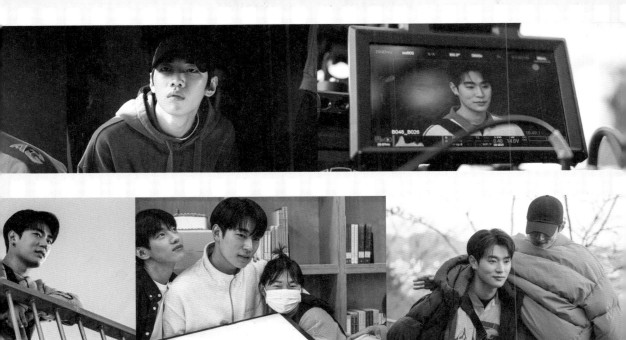

SEMANTIC ERROR

**zzang_jae_0_0**

장재영

생존 신고 살아있습니다 ㅎㅎ; ㅎ_〈

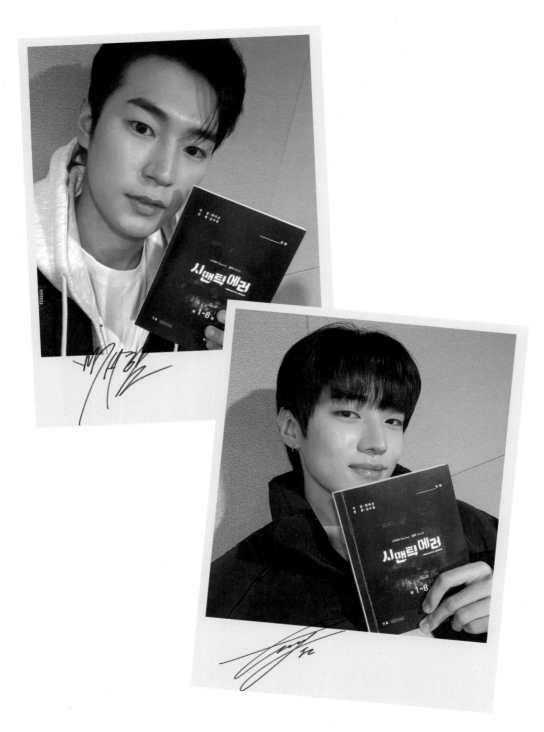

SEMANTIC ERROR

기획/제공 **WATCHA**

제작 래몽래인 **AXIS**

연출 김수정

극본 제이선

원작 저수리 〈시맨틱에러〉

출연 박서함 박재찬 송지오 김노진 김원기 최수견 차재훈 김건희 김진성 정준교 한태희 기현우 외

**래몽래인** 제작 김동래 박지복 | 기획총괄 윤희경 | 기획프로듀서 이하은 | 콘텐츠사업 윤서연 | 제작프로듀서 이윤재 | 라인프로듀서 이윤주 최영문 이우진 | 경영관리 문성준 박선희 이경아 조규영 오우주

**왓챠** 프로듀서 임민주 김소희 | 마케팅 총괄 김혜정 | 마케팅 김윤정 양치우 이민희 | 편성운영 김한올 이예빈 김단아 강혜정 | 일본사업 최소연 김서현 | 홍보 이부연 [스튜디오 심앤장] | 법무 이욱기 이은혜 | 투자회계 박인아 안형경 김라온 | 예고편 제작 김주연 [씬스틸러] 조영수 | 예고편 믹싱 [ASAP] 편성민 | Creative Tech & Infra 총괄 김준희 | 포스트 프로덕션 코디네이팅 김완식 박찬우 | 투자총괄 김요한 | 제작투자 박태훈

**AXIS 공동제작 신성진**

촬영감독 안겸서 | B카메라 고광명 | A카메라 포커스풀러 정요한 | B카메라 포커스풀러 차정한 | A카메라 2nd 권도엽 | A카메라 3rd 김윤수 | A카메라 4th 김민준 | B카메라 3rd 박창균 | B카메라 4th 백진선 | 촬영지원 구정서 노태원 전인찬 차소민 | 드론촬영 박창균 | 보드촬영 석유진 | 보드대역 송명호 | 촬영장비 [필름칠] [푸르미르] | 조명감독 김근영 | 조명 1st 이찬희 | 조명팀 최승건 김혜진 이세윤 김동희 | 발전차 박정훈 | B발전차 탁민 | 조명크레인 황선명 | 조명장비 [(주)한빛라이트 Choir] | 동시녹음 [헤르쯔사운드 앤 뮤직] 김준 김범수 | 그립 [도깨비미디어] 박완용 이관원 문사빈 | DIT [얼터픽쳐스] 박진성 강지원 | 미술감독 김지민 | 미술지원 정효진 홍혜령 | 소품대표 [247로그] 태욱 | 소품팀 김영인 임연주 | 소품지원 차호현 유하연 | 의상실장 김하경 | 의상팀장 김소라 | 의상팀 이슬미 | 분장/미용 실장 이정숙 | 분장팀장 유하나 | 헤어팀장 한현주 | 박서함 헤어/메이크업 박수연, 김성미 | 캐스팅 이충선 손승범 | 보조출연 [라인엔터] 서홍선 남선우 | 차량배차 [하이원렌트카] | 보드자문 석유진 | 포스터 그래픽 디자인 제공 이시호 | 3D 아트디자인 강준용 | 편집 [김과장 편집실] 김태경 | 음악감독 조은영 | 작/편곡 박지예 백승범 신유진 오희준 조성빈 조은영 최소린 | DI [알고리즘] 강경원 | 종합편집 [알고리즘] 김경희 | VFX [THUMB] | VFX Supervisors 송걸 한준희 | Project Producer 유순정 | Project Manager 공윤정 | Project Assistant Manager 조은별 | Compositing Leads 김민호 유인식 | Compositing Artists 감나경 정현민 김지수 박현지 강지윤 | 사운드믹싱 장동현 | Executive Production [Allies] | 메이킹 [청춘갈피] | 포스터디자인 [피그말리온] 박재호 이유희 이서연 박인혜 | 예고편 편집 [김과장 편집실] 김태경 | 조연출 김윤선 | 인물조감독 한태희 | 미술조감독 서인재 | 스크립터 최다빈 | 연출팀 민경희

**스틸 [청춘갈피]**

| PHOTO ESSAY |

# 시맨틱에러
SEMANTIC ERROR

본 상품은 ㈜왓챠와 ㈜래몽래인 간의 라이센스 계약으로 이뤄졌습니다.

**초판 1쇄 발행** 2022년 3월 20일
**초판 2쇄 발행** 2023년 10월 17일

**지은이** 왓챠·래몽래인
**펴낸이** 정은선

**펴낸곳** ㈜오렌지디
**출판등록** 제2020-000013호
**주소** 서울특별시 강남구 선릉로 428
**전화** 02-6196-0380 | **팩스** 02-6499-0323

ISBN 979-11-92186-31-3 (03810)

※ 잘못 만들어진 책은 서점에서 바꿔드립니다.
※ 이 책의 전부 또는 일부 내용을 재사용하려면
　사전에 저작권자와 ㈜오렌지디의 동의를 받아야 합니다.

www.oranged.co.kr